Megamaf

Voor Down met haar krulplant

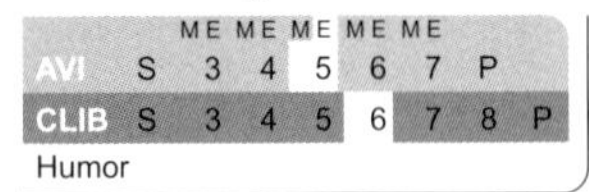

Megamaf
Een leesboek uit de serie Piraatjes

Oorspronkelijke titel: Wildly Weird
Oorspronkelijke uitgever: Barrington Stoke Ltd.

Auteur: Kaye Umansky
Nederlandse vertaling: Charlotte Bakker
Illustraties: © Chris Mould

ISBN 978 90 5529 539 5

1e druk 2013

Uitgeverij Bontekoe
Zypendaalseweg 91, 6814 CG Arnhem, T 026 751 8901
www.uitgeverijbontekoe.nl
Opmaak: Vijfkant Nederland

Inhoud

Een ontmoeting op straat	7
Eventjes thuis	25
De tent van de plantenshow	33
De fantastische kermis	43
De wedstrijd	51
Later	67

Hoofdstuk 1

Een ontmoeting op straat

Het was 10 uur 's ochtends op zaterdag en het waaide flink. Koen Keurig liep vanaf de bibliotheek terug naar huis met tassen vol boeken over jungles.

Wat ik vind van het **regenwoud**, dat was de titel van zijn huiswerk. Maar Koen vond niks. Zijn hoofd was leeg omdat hij niet had opgelet in de les.

De hengsels van de tassen sneden in zijn vingers, maar hij hoopte dat het dat waard zou zijn. Als hij uit de boeken overschreef, hoefde hij zelf niets te verzinnen, laat staan allemaal meningen. Hij vond het maar niks alles te moeten doen op zaterdag. Hij wilde het liefst op zijn Xbox spelen en nergens aan denken. Hij wilde in bed liggen met de *gordijnen* dicht. Maar helaas hadden zijn ouders andere plannen met hem.

Hij was bijna thuis (Nettestraat 15, met de kleine voortuin) toen hij een **STRUIK** zag lopen. Geschrokken zette hij zijn tassen neer en maakte zijn bril schoon met zijn trui. Hij keek nog een keer. Het was geen struik, het was Mijntje Mafketel. Ze had groene kleren aan en droeg de Kamerplant.

De familie Mafketel was een paar maanden geleden op nummer 17 (met de vreselijke voortuin) komen wonen.

Ze waren met hun achten. Misschien negenen.

Er was:

Oma Mafketel (Dwerg)

Mevrouw Mafketel (Stuntvrouw)

Meneer Mafketel (Uitvinder)

Oliver Mafketel (Grote broer)

Mijntje Mafketel (eigenlijk Jasmijn)

Mats Mafketel (Het kleintje)

Rooie

(Zwarte kat)

De Kamerplant(!)

Er was ook een **Bonkend Ding** dat ergens diep in huis woonde en herrie maakte als iemand aan de deur kwam. Koen wist nog steeds niet wat dat was. Maar hij bleef het proberen.

Koen moest zich altijd netjes aankleden, met schone kleren, maar Mijntje hield meer van rare kleren. Koen zag dat het vandaag een groene dag was. Ze droeg groene laarzen, een groene jurk en een groen vest met knopen in de vorm van kikkers. Aan haar arm bungelde een groene handtas. En op haar hoofd droeg ze een groen *puntmutsje* dat ze bij de cornflakes had gekregen. (Koen wist dat, omdat hij er ook een had gehad totdat zijn moeder hem had weggegooid. Ze vond het een stom ding.)

De Kamerplant die Mijntje droeg, was ook groen. Hij stond rechtop in zijn pot. De stengels waren gedraaid en lange dunne takjes zwiepten wild in de wind.

Er was iets RAARS aan de Kamerplant. Hij zag er niet alleen raar uit, maar het leek wel alsof hij dingen wist. Hij leek te luisteren naar wat mensen zeiden. Hij wiegde naar je toe. Hij leek meer op een huisdier dan op een plant. Koen had Mijntje een keer gevraagd of de plant een naam had. Ze had gezegd: "Doe niet zo stom. Het is een plant."

Ja, de Kamerplant was zeker een Mafketel. Maar goed, de hele familie bestond uit mafketels. Als zijn ouders zouden weten wat Koen wist, zouden ze **FLIPPEN**. De ouders van Koen hielden van hun rustige leven. Netjes en zonder verrassingen. Geen drama's, geen gekke kleren.

"Hallo, Mijntje," zei Koen. "Wat zie je groen."

“Ja, hè?” zei Mijntje blij. “Ik ben een Groentje.” Ze stopte en zette de Kamerplant op de muur. “Poeh. Je bent zwaar, zeg.”

Dat laatste was voor de plant bedoeld, die nog steeds heen en weer wiegde, al was de wind gaan liggen.

“Wat ben je?” vroeg Koen.

“Een Groentje. Dat is voor meisjes. We zijn een soort **padvinders**. Ik ga nieuwe vrienden maken. We dragen groene uniformen. Ik heb er geen, maar ik probeer om zo alvast in de stemming te komen.”

“Wat doen Groentjes?” vroeg Koen.

“Vooral planten verzorgen. Het gaat erom dat we goed voor het milieu zijn.”

“Oh, dat,” zei Koen. Hij keek niet enthousiast. “Dat hebben we vorig jaar gedaan. We moesten een bushokje schoonmaken. Dit jaar gaat het over het **regenwoud**.”

“Dat is in ieder geval ver weg, dus hoef je vast niet op te ruimen,” zei Mijntje troostend.

“Ik moet er wel een stuk over schrijven,” ***kreunde*** Koen.

“Vraag het aan Olivier,” zei Mijntje. “Hij is gek op huiswerk. Dan maak je zijn hele weekend goed.”

“Tja, als je het zo zegt,” zei Koen. Wat een goed idee! Opeens zag zijn zaterdag er een stuk beter uit. Olivier zou het fantastisch doen. Hij had al eerder Koens huiswerk gemaakt. Koen had een 10 gekregen en zijn meester had hem verbaasd aangekeken.

“Vind je het leuk om een Groentje te zijn?” vroeg hij verder.

“Ik weet het niet. Ik ben er net mee begonnen. We worden geleid door de Groene Hagedis en de Groene Schildpad. We houden van dieren in het wild, vijvers en bloembakken. We zijn tegen straatvuil, afval storten en vervuiling.”

“Echt waar?” vroeg Koen. “Meen je dat?”

Hij keek over haar schouder naar de voortuin van de familie Mafketel. Er lagen bergen dozen en een winkelkar. Uit een motor drupte olie op de brandnetels.

Mijntje zag waar hij naar keek. "Ik begrijp wat je bedoelt," zei ze. "Ach ja."

"Je moet het opruimen," zei Koen. "Nu je een Groentje bent."

Hij bedoelde het niet sarcastisch, maar zo klonk het wel. Een beetje gemeen. Maar hij vond het niet leuk dat ze steeds 'wij' zei. Wij doen dit, wij doen dat. Het voelde alsof hij er niet meer bij hoorde.

"Dat ga ik ook doen," zei Mijntje en ze haalde haar schouders op. "Maar eerst ga ik naar het voetbalveld. Daar is een **KERMIS**. De Groentjes geven er een show met potplanten."

Mijntje grijnsde naar de Kamerplant. “En jij gaat winnen, of niet?”

De Kamerplant zwiepte heen en weer alsof hij het ermee eens was. Natuurlijk kon het ook de wind zijn geweest.

Al was de wind gaan liggen.

“Hij heeft er veel zin in,” zei Mijntje. “Hij komt niet vaak buiten.”

“Weet je oma dat hij buiten is?” vroeg Koen. Hij keek ***nerveus*** naar de plant.

De Kamerplant woonde in de keuken, samen met oma en Rooie.

“Natuurlijk,” zei Mijntje. “Het was haar idee. De plant is een beetje droevig de laatste tijd. Ze zegt dat het winnen van een **wedstrijd** hem weer blij zal maken.”

”Wat bedoel je daar precies mee?” vroeg Koen voorzichtig.

"Als hij wint, wordt hij weer vrolijk. Trots op zichzelf."

"Kijk," zei Koen, "ik ben geen expert, maar zelfs ik weet dat planten niet ..." Hij werd stil. De Kamerplant stond doodstil. Hij stond kaarsrecht en leek alert, alsof hij heel *goed luisterde* naar wat Koen te zeggen had. Koen besloot zijn zin niet af te maken.

"Dat planten niet wat?" vroeg Mijntje.

"Laat maar."

"Hoe dan ook," ging Mijntje verder, "we hebben een 'veel succes'-kaart voor hem gemaakt. Iedereen heeft er iets in geschreven. Mats heeft er glitter op gedaan. Wil je hem zien?"

Koen fronste. Een familie die een kaart maakte voor een plant. Hij besloot er niet meer aan te denken. De Kamerplant had nu zijn **bladeren** om Mijntje heen geslagen. Het leek alsof de plant haar wilde bedanken voor de kaart. Dat besloot hij ook te negeren. Hij antwoordde: "Misschien straks."

"Iedereen komt naar de wedstrijd kijken. Papa heeft een camera gemaakt die hij wil testen. Mama moest vandaag eigenlijk over een **RAVIJN** springen met de motor, maar dat heeft ze naar maandag verzet zodat ze ook kan komen."

"En Rooie? Komt hij ook?"

"Dat is een kat. Hij doet waar hij zin in heeft."

Toen zag Koen de kans om iets te vragen wat hij al lang wilde weten. Dit was het perfecte moment.

"En het Bonkende Ding in jullie huis?" zei hij. "Dat ding dat herrie maakt als er bezoek is? Komt dat ook?"

"Ah. Goed dat je het vraagt, want weet je ... "

Op dat moment kwam er een ijscokar voorbij. De bestuurder rinkelde de bel en er klonk harde muziek. Koen kon Mijntje *niet verstaan*. Hij zag dat haar mond bewoog maar hij hoorde alleen de ijscokar.

"... dus vandaar," zei Mijntje terwijl de ijscokar om de hoek verdween.

ijs

De voordeur van nummer 17 ging open en Mats Mafketel kwam naar buiten. Hij droeg een geel met zwart gestreept pak. Een kapotte paraplu was met touw op zijn rug gebonden. Hij droeg sloffen. Hij stond op het stoepje, mond open, grote ogen. Hij wees en maakte een zoemgeluid.

“***BZZZZZZZ***,” zoemde Mats.

Koen zuchtte zachtjes. Het perfecte moment was voorbij. Nu hij wist nog niet wat het geheim van het Bonkende Ding was.

“Wil je een ijsje, Mats?” vroeg Mijntje. “Goed, zo meteen.”

“Hallo, Mats,” zei Koen vrolijk. “Ben je een bij?”

Mats keek hem aan alsof hij gek was geworden.

“Hij is een *wesp*,” zei Mijntje. “Andere zoem. Maar goed, volgens mij maakt de plant een goede kans om te winnen, of niet?”

Koen keek naar de plant. Hij stond trots en rechtop in zijn pot. Hij leek rustig en vol zelfvertrouwen.

“Tja,” zei hij. “Uhm ... er zijn vast niet veel planten zoals deze.”

“Wil je mee?” vroeg Mijntje. “Kun je me helpen dragen.”

Koen dacht erover na. Het mocht vast niet, niet voordat hij zijn **huiswerk** had gedaan. En trouwens, plantenshows waren toch heel saai? Zijn moeder was gek op tuinieren. Ze had al veel prijzen gewonnen en ze gaf les en zo. Soms vroeg ze Koen om haar te helpen. Dan moest hij plaatjes van bloemen van internet halen of de Latijnse namen opzoeken in een dik, saai boek.

Hij had er weinig zin in.

“Er zijn ook andere dingen te doen,” zei Mijntje. “Een springkussen, kraampjes ... van alles.”

Koen wist niet zeker of hij ‘ja’ zou zeggen.

"Wat?" zei Mijntje. "Mag je niet?"

"Natuurlijk mag ik wel," zei Koen stijfjes. "Ik mag best. Waarom zou ik niet mogen?"

"Wat dan?" vroeg Mijntje. "Heb je weer een maaltijd of zo?"

Maaltijden waren heel serieus bij de familie Keurig. Maaltijden betekende gezond eten aan tafel, met schone handen. Heel anders dat bij de Mafketels. Daar pakten ze frietjes van een enorme schaal die op de grond in de keuken stond. Maar dan nog ...

"Nee," zei Koen. "Mijn ouders gaan ergens heen. Ze zetten sla met **RADIJS** voor me in de koelkast."

"Cool! We kunnen iets eten op de kermis," zei Mijntje. "Ik trakteer. Popcorn, ijs! Broodjes worst!"

"Echt?" vroeg Koen hoopvol. Thuis kreeg hij nooit zoiets te eten.

"Natuurlijk. Tenzij je liever sla met radijs eet ..."

“Nee,” antwoordde Koen haastig. “Ik ga wel mee. Ik moet alleen eerst deze boeken naar binnen brengen. Ehm, wil je binnen komen?”

Hij hoopte van niet. Er lagen witte kleden bij hem thuis. Laarzen, gekke kleuters en **vreemde wezens** die in een pot groeiden waren daar niet welkom.

“Nee, laat maar,” zei Mijntje vriendelijk. “We wachten hier wel.”

Hoofdstuk 2

Eventjes thuis

“Hallooo?” riep Koen. Hij gooide zijn boeken in de gang en **wapperde** met zijn handen. Ze deden pijn van het dragen van de zware tassen. “Ik ben thuis.”

“Ben jij daar, Koen?” klonk zijn moeders stem van boven. Uit de badkamer klonk hard ***gezoem***, wat betekende dat meneer Keurig zich aan het scheren was.

"Ja, mama. Ik kom net van de bieb. Maar ik ga weer. Iemand heeft hulp nodig om iets te dragen."

"Wat ga je doen? Kees, zet dat ding even uit, ik versta er niks van. Sorry schat, je vader is zich aan het scheren. Zeg het nog eens."

"Ik ga iemand helpen iets ergens heen te dragen!" riep Koen. Hij deed de koelkast open, keek droevig naar de zakken sla en deed hem weer dicht. Helaas. De koelkastfee had er sinds vanmorgen geen Extra Dubbele Chocoladekoeken in gelegd.

"Wat?" riep zijn moeder terug.

"Ik ben thuis!" brulde Koen. "Maar ik ga weer! Iemand heeft hulp nodig iets te dragen en ik..."

"Oké, Koen. Ik ben beneden, je hoeft niet zo te schreeuwen," zei zijn moeder vlak achter hem. Ze had zich mooi aangekleed en had lippenstift op. Ze droeg oorbellen in de vorm van ***hangplanten***.

"Ik zei dus ..." zei Koen voor de vierde keer.

PLANT FOOD
JUNGLE BOOK
AMERICA
ATLAS
IN DE JUNGLE
NATUUR IN DE

"Ik hoorde wat je zei. Wie ga je helpen?"

"Mijntje van hiernaast."

"Oh. Lieverd, ik denk niet dat het goed is dat je met de kinderen van hiernaast speelt. En je huiswerk dan?"

"Ik ga niet spelen. Ik ga helpen. Je zegt altijd dat ik moet helpen waar ik kan."

"Niet als je huiswerk hebt. Kees, neem mijn groene schoenen mee als je naar beneden komt, wil je?"

"Wat?" riep meneer Keurig vanuit de badkamer.

"Neem mijn ***schoenen*** mee!"

"Die blauwe?"

"Nee! De groene!"

"Ik ga dus," zei Koen snel. "Ik ben op tijd weer terug. Oh, en ik eet daar wel iets."

Dat laatste zei hij behoorlijk snel, zodat zijn moeder het misschien niet doorhad.

“Ik kan je schoenen niet vinden!” riep zijn vaders stem van boven.

“Ze liggen onder het bed! Die met de gespen! Wat zei je, Koen?”

“Dat zijn de blauwe!”

“Ze zijn ***GROEN***!”

Zo ging het door.

Koen ging naar de tafel en schreef een briefje. Hij schreef: BEN WEG. EEN GOEDE DAAD DOEN. HEB SLEUTEL. EET NIET THUIS.

Toen ging hij weg voordat zijn moeder het kon lezen. Toen hij de voordeur opendeed, hoorde hij zijn ouders nog steeds naar elkaar schreeuwen.

“Is mijn leesbril boven?” gilde zijn moeder.

“Die met het dunne montuur? Die ligt hier, in de badkamer,” riep zijn vader terug.

“Dat is niet mijn leesbril. Ik bedoel die ene in het doosje.”

“Welk doosje? Die blauwe?”

“Het is groen. **GROEN** ...”

Buiten zaten Mijntje, Mats en de Kamerplant op de muur te wachten. Mats had een enorme hoorn met ijs, hij likte eraan. Er zat wat op zijn neus en op zijn handen. Olivier stond erbij. Hij was erg lang en dun. Hij droeg een bril met dikke glazen en had inkt op zijn vingers. Je kon zien dat hij alleen buiten kwam als hij moest. Hij zag Koen en zei: “Mijntje zei dat je huiswerk over het regenwoud hebt. Ik doe het wel!”

“Cool!” zei Koen. “Dank je.”

“Graag gedaan,” zei Olivier. “Moet je ook sommen maken?”

“Nee.”

“Jammer. Daar ben ik gek op. Ik begin meteen met je huiswerk.”

“Eerst moet je helpen de plant te dragen,” zei Mijntje. Toen zei ze zachtjes tegen Koen: “Hij moest naar buiten van oma.”

“Kijk niet zo boos, Olie. Er is vast taart op de kermis.”

“Echt?” vroeg Olivier. Hij was dol op taart, wist Koen. Vooral op ***bruidstaart***. Hij at het bij zijn friet.

“Ik zat te denken,” zei Koen. “We hoeven de plant niet te dragen. We kunnen de winkelkar gebruiken.”

“Goed idee,” knikte Mijntje. “En dan krijg ik meteen punten bij de Groentjes omdat ik de voortuin opruim.”

Samen trokken ze de kar rechtop, veegden de meeste bladeren eraf, tilden hem over de dozen en rolden hem de straat op. Voorzichtig zetten ze de Kamerplant erin. Mats begon hard te **snuiven** en stak zijn armen omhoog. Er viel wat ijs op zijn sloffen.

Olivier tilde hem op aan zijn kapotte paraplu en zette hem in de winkelkar, naast de Kamerplant. Ze keken **allebei** heel blij.

Hoofdstuk 3

De tent van de plantenshow

Er stond een grote, groene tent in een hoek van het veld. Op het spandoek boven de ingang stond: ZELF GEKWEEKTE POTPLANTEN! WEDSTRIJD! PRIJZEN!

Twee dames in groene uniformen schuifelden opgewonden door een zee van potplanten. Ze stonden steeds even stil om iets op hun klemborden te schrijven.

Er stond een lange rij van mensen die hun planten ook wilden inleveren.

Vooraan in de rij stonden drie meisjes. De ene had vlechtjes, de andere grote oren en de derde was klein. Alle drie hadden ze het echte uniform van de Groentjes aan met een sjaaltje en speldjes. Ze droegen alle drie een pot met viooltjes - één blauw, één geel en één roze.

Ze stootten elkaar aan toen Koen, Mijntje en Olivier hijgend het veld over liepen met de winkelkar. De Kamerplant en Mats *stuiterden* blij op en neer. Ze zaten allebei onder het ijs.

“Hallo!” zei Mijntje met een grote grijns tegen de drie Groentjes toen ze in de rij gingen staan. “Poeh! We zijn er. Dit zijn mijn broers, Olivier en Mats, en dit is een vriend van me, Koen.” Toen knikte ze naar de drie meisjes. “Dit is Paula, Anke en Carolien.”

"Hallo," zei Olivier. Hij tilde Mats uit de kar en zette hem op de grond. Mats ging er meteen luid zoemend vandoor. "En tot ziens," zei Olivier toen. Hij liep direct naar de tent waar ze taart verkochten. Koen bleef met Mijntje achter om met de drie Groentjes te kletsen.

Koen hoefde zich geen zorgen te maken. Ze keken niet eens naar hem. Vlechtje (Paula) staarde naar Mijntje en zei: "*Het is geen verkleedpartijtje, hoor*. Waarom heb je die rare kleren aan?"

"Waarom niet?" zei Mijntje. "Ze zijn toch groen?"

"Waarom heb je geen normaal uniform?" vroeg Vleermuisoor (Anke) kattig.

"Mag je van je moeder zo over straat?" snauwde Kleintje (Carolien).

"Natuurlijk," zei Mijntje verbaasd. "Waarom niet?"

Koen dacht aan mevrouw Mafketel, de stuntvrouw die motor reed en oranje haar had. Ze droeg roze cowboylaarzen en ze vocht met **HAAIEN** voor haar werk.

Je kon de straat op in een zwembroek met een neppijl door je hoofd en ze zou niet eens opkijken.

“Wat is dat?” vroeg Vlechtje en ze wees naar de Kamerplant.

De laatste paar minuten had de Kamerplant druk heen en weer bewogen, alsof hij goed naar alles luisterde. Maar niemand had het gezien. Nu de meisjes zich omdraaiden en naar hem keken, werd de plant rustig en leek hij heel onschuldig. Net als een normale plant die gewoon in zijn pot groeit.

“Onze Kamerplant,” zei Mijntje. Ze veegde het ijs van de stengels met Koens das.

“Hij is kaal,” reageerde Vlechtje. “Hij heeft geen bladeren. Hij is kaal en lelijk.”

“Ik vind het een ENG DING,” rilde Vleermuisoor.

“Ik ook,” piepte Kleintje.

“Doorlopen, meisjes,” riep een van de opgewonden groene dames. Ze droeg een naamkaartje waarop Groene **Hagedis** stond. “Ja jullie, meisjes, jullie zijn aan de beurt.

Ah, viooltjes. Daar ben ik dol op. Staan jullie namen op de potten? Goed, zet ze hier maar neer … Oh, hemel!” Ze piepte en legde haar hand op haar borst. “Wat is dat?”

De Kamerplant keek over Mijntjes schouder naar haar.

“Onze Kamerplant,” legde Mijntje rustig uit.

“Aha,” knikte de Groene Hagedis. “En die heb je zelf geweekt?”

“Hij heeft zichzelf gekweekt. Wij zorgen er alleen voor.”

“Zo!” zei de Groene Hagedis. “Ik weet echt niet wat ik moet zeggen. Weet je zeker dat je hem niet hebt gekocht? De regels zijn daar heel streng over. Hij ziet er niet echt uit als een plant dat in Nederland kan ***groeien***.

Ik geloof niet dat ik ooit ... Marie! Kom eens, wil je?"

De tweede groene dame kwam naar ze toe.

"Heb je ooit zoiets gezien?" vroeg de Groene Hagedis.

Ze wees naar de Kamerplant, die zich zo goed mogelijk gedroeg. Hij stond kaarsrecht en deed alsof hij niet luisterde.

"Mijn hemel," zei de Groene **Schildpad**. Ze klonk nerveus. "Ik geloof niet dat ik ooit eerder zo'n plant heb gezien. Wat is het?"

“Ik weet het niet. Wat is het? Heeft hij een naam?”
De Groene Hagedis draaide zich om en vroeg het aan Mijntje.

“Luister ...” zei Koen opeens. De zon scheen, hij zag een busje waar ze **broodjes worst** verkochten en hij begon zich te vervelen. “Wat is het probleem? Het is een potplant en hij groeit bij haar thuis. Dus zullen we hem gewoon in de tent zetten? Zullen we gaan, Mijntje? Vooruit, duwen!”

Soms moet je streng zijn.

Hoofdstuk 4

De fantastische kermis

"Ik hoop dat het goed met hem gaat," zei Mijntje.

Mijntje en Koen zaten op een bankje aan de rand van het veld, ze aten een broodje worst. Vanaf daar konden ze alles overzien. Het was druk op het veld. Er stond een rij voor de ijscokar, de kraam met broodjes worst en de clown die **dieren** maakte van ballonnen.

Verder weg zagen ze kinderen blij springen op het springkussen, terwijl Mats al hun schoenen stal.

Hij had al een flinke stapel.

Olivier was nergens te bekennen. Hij was vast nog in de tent met taart.

Koen had al een ballondier. Het was een paarse giraffe. Hij vond hem leuk. Hij had ook al een ijsje gehad. Die was bijna net zo lekker als de cake, de suikerspin, de popcorn, de lolly's en de frisdrank. En nu het broodje worst. Mijntje had al die dingen voor hem gekocht en hij vond het **fantastisch**. Hij kreeg geen genoeg van het ongezonde eten.

"De Kamerplant verveelt zich vast," ging Mijntje verder. "Ik heb hem gezegd dat hij braaf moet zijn, maar meestal houdt hij het niet zo lang vol."

Ze hadden de Kamerplant achter in de tent op de vloer neergezet. De plant was te groot om op een tafel te staan. Hij was veel groter dan de viooltjes die de drie Groentjes voorzichtig op tafel hadden gezet.

De viooltjes stond mooi naast elkaar. De Kamerplant zag er daardoor nog **VREEMDER** uit, maar hij leek er geen last van te hebben.

Mijntje had de kaart in de potaarde gestoken. Toen had ze het uiteinde van een van de stengels gekust, daarna was ze vertrokken met Koen achter haar aan. Dat was uren geleden.

“Mijntje?” vroeg Koen terwijl hij de mayo van zijn vingers likte.

“Wat?”

Hij moest het zeggen.

“De Kamerplant. Er zijn ... dingen die ... het lijkt een beetje... nou ja, het is meer dan een plant, toch? Het is ... hij is iets anders. **Toch**?”

Zo. Het was eruit. Hij had het gezegd.

"Wie weet," zei Mijntje en ze haalde haar schouders op. "Hij is uit een van de bonen van oma gegroeid. Eerst was het nog een schattig kleine uitloper die net boven de rand van de pot uitkwam en kijk nou. Kijk eens in een van die **boeken** die je vanochtend had. Misschien staat hij daarin."

"Dat zal ik doen," zei Koen. Dat zou hij zeker doen.

Plots klonk er een hard gekraak en een stem uit de luidsprekers zei: "DAMES EN HEREN, DE WEDSTRIJD VOOR DE POTPLANTEN GAAT ZO BEGINNEN. KOMT U ALLEMAAL NAAR DE GROENE TENT WAAR..."

Niemand hoorde de rest. Er kwam een motor met enorm veel kabaal het veld opgereden. De motor ging uit en iemand in een leren pak sprong eraf in een dramatische wolk blauwe rook. Het was mevrouw Mafketel, in haar roze **cowboylaarzen**.

Er zat nog iemand op de motor. Een tweede persoon, iemand in een vieze witte jas, klom van de motor af. Hij kneep zijn ogen bijna dicht, als een mol in zonlicht. Om zijn nek hing een rare zwarte doos. Dat was meneer Mafketel met zijn camera.

“Papa en mama, precies op tijd,” zuchtte Mijntje opgelucht.

“Waar is je oma?” zei Koen.

“Wat zeg je?” zei de stem van oma, vlak achter hen. Oma deed dat soort dingen vaak. Koen werd er erg ***nerveus*** van. Hij draaide zich om en daar stond oma, in haar zwarte omslagdoek. Ze keek blij naar hem op. Rooie, de zwarte kat, draaide rondjes om haar kleine zwarte laarzen. Hoe waren ze daar gekomen zonder dat hij het had gezien?

“Zo,” zei oma vrolijk. Ze lachte naar Mijntje en Koen en nam hen bij de arm. “Waar wachten we op? Laten we gaan kijken hoe de Kamerplant wint.”

“Hoe weet u dat de plant zal winnen?” vroeg Koen terwijl ze over het veld liepen.

“Het is een ***geluksdag*** voor Rammen,” zei oma met een knipoog. Ze hechtte veel waarden aan de sterren. Dat wist Koen.

"Dag, kleintjes!" bulderde mevrouw Mafketel toen ze aan kwamen lopen. "Hebben jullie het leuk? Waar is Mats?"

"Hij is schoenen aan het stelen," zei Mijntje. Ze wees naar het springkussen in een hoek van het veld. Er was een beetje paniek ontstaan. Grote mensen en kinderen renden op blote voeten rond. Er was veel **GESCHREEUW**. Koen kon nog net zien hoe Mats een rode slipper op een stapel achter een struik legde.

"Dat is mijn kleine jongen," zei mevrouw Mafketel trots. "Kijk nou toch, oma. Kijk hoe hij zichzelf vermaakt."

"Om trots op te zijn," knikte oma. "Waar is Olivier?"

"Bij de taarten," zei Koen.

"Als hij maar geen ***huiswerk*** maakt," zei mevrouw Mafketel.

Koens mond viel open. Kon een moeder serieus zoiets zeggen?

"Allemaal lachen," riep meneer Mafketel plots. Hij hield de zwarte doos voor zijn ogen. Het ding snorde, er was een felle flits en een scherpe, harde knal. Koen gaf een gil en sprong op. Hij was de enige.

Meneer Mafketel blies op zijn camera. Het ding rookte een beetje.

"Dat wordt vast een goeie, Zack," zei mevrouw Mafketel en ze straalde naar meneer Mafketel. "Een schattige foto van de familie." Heette de vader echt Zack?

"Die knal klonk niet best," zei meneer Mafketel hoofdschuddend. "Dat hoort niet zo. Te veel peper misschien."

Peper? dacht Koen. Een camera die op peper loopt?

Ze liepen naar de grote, groene tent. Olivier kwam uit de taartentent en mevrouw Mafketel liep naar het springkussen en pakte Mats op.

Tijd voor de show!

Hoofdstuk 5

De wedstrijd

Het was druk in de plantentent. De plantenshow was het belangrijkste van die dag. Tot Koens opluchting was de Kamerplant precies waar ze hem hadden achtergelaten - achteraan, op de grond, naast de viooltjes.

Waarom was hij zo opgelucht? Hij wist het niet precies. Wat had hij gedacht dat de plant zou doen?

Rondspringen in zijn pot, alsof hij aan het zaklopen was? Uit de pot kruipen en rondlopen? Belachelijk.

De Mafketels liepen zwaaiend langs de Plant. Olivier stak zijn duim op en Mijntje blies hem een kus toe. Meneer Mafketel hield zijn camera omhoog en keek door de zoeker naar de Plant. De Plant was heel braaf. Hij was stil en plantachtig. Maar toen Koen voorbij liep zag hij het puntje van een stengel even trillen. Het leek wel een knipoog.

De Groene Hagedis en de Groene Schildpad hadden de planten mooi neergezet. De potten stonden op klaptafels langs twee zijden van de tent. Er stonden stekelige planten en planten met bladeren. Sommige hadden bloemen, andere niet. Sommige waren piepklein, andere groot. Maar geen enkele was zo groot en raar als de Kamerplant.

Tussen de tafels was een loopruimte voor de jury. In een hoek van de tent stond een kleine tafel met een wit kleed en drie zilveren **bekers** erop. De toeschouwers stonden in het midden van de tent, achter een touw.

Mensen gingen aan de kant voor de Mafketels.
De familie ging vooraan staan, bij het touw. Oma voorop. Mats zat op de schouders van mevrouw Mafketel. Hij zwaaide met de kleine rode slipper die hij had gestolen, zijn kapotte paraplu flapte in het rond. Mensen sprongen aan de kant. Olivier kwam erachteraan. Hij likte glazuur van zijn vingers en keek omhoog. Koen dacht dat hij waarschijnlijk moeilijke sommen maakte in zijn hoofd. Mijntje liep naast meneer Mafketel, die aan zijn camera friemelde.

Ze zagen er heel raar uit. Veel mensen draaiden zich om en staarden naar hen. Koen liep achteraan. In ieder geval zag hij er normaal uit. De drie Groentjes keken naar hem en trokken **RARE** gezichten. Hij negeerde ze, en was daar erg trots op.

Toen Koen vooraan stond, zag hij zijn spiegelbeeld in de grootste zilveren beker. Hij zag er helemaal niet normaal uit!

Zijn das zat scheef en zijn hemd zat onder het ijs. Hij had mayo geknoeid op zijn jasje. Hij zag dat hij ook een knoop had verloren. Bovendien had de winkelkar een **scheur** in zijn broek gemaakt. Er zat een enorm, flapperend gat op zijn knie. De paarse giraffe begon leeg te lopen.

Hij zag er vreselijk uit. Hij zou nog in de problemen komen als zijn moeder hem zo zag.

De Groene Hagedis kuchte in de hoek waar de bekers stonden. De Groene Schildpad stond bij een tentflap. De toeschouwers werden stil.

“Welkom,” zei de Groene Hagedis. “Welkom op de jaarlijkse wedstrijd voor potplanten. Dit jaar doen er meer mensen mee dan ooit!”

“**BRAVO**!” bulderde mevrouw Mafketel. Mats stuiterde opgewonden op haar schouders op en neer. Hij zoemde heel hard. Iedereen keek.

“Het is mij een genoegen om de jury aan u voor te stellen,” ging de Groene Hagedis verder. “Dames en heren, de jury van dit jaar is de tuinexpert uit de buurt: Corrie Keurig.”
De Groene Schildpad deed de tentflap open en ... oh, nee! Oh, wat een ellende!

“Het is je moeder,” zei Mijntje. “Ook toevallig.”

Koen had het kunnen weten. De oorbellen, lippenstift, de groene schoenen. Én zijn vader was kribbig.
Dat betekende allemaal dat zijn moeder weer een plantenshow had. Waarom had hij dat niet eerder bedacht?

Mevrouw Keurig keek glimlachend de tent rond. Toen ze de Mafketels zag, keek ze iets minder blij. Toen ze Koen zag, verdween haar glimlach helemaal. Hij stond helemaal vooraan. Ze kon hem niet missen.

Koen voelde hoe zijn moeders ogen hem doorboorden. Hij probeerde zijn giraffe voor het gat in zijn broek te houden, maar het was al te laat. Hij probeerde te lachen en ***zwaaide*** voorzichtig.

Mevrouw Keurig keek naar zijn vieze jasje.

“Goed,” ging de Groene Hagedis verder, “laten we beginnen. De jury zal rondlopen en besluiten welke plant een prijs verdient. Ze kijkt naar de aarde in de potten om te controleren of de planten goed worden verzorgd, genoeg water krijgen ...”

Koen voelde een tik op zijn schouder. Hij draaide zich om. Daar stond zijn ***vader***, alsof het allemaal nog niet erg genoeg was.

“Hallo, pap,” zei Koen zuchtend.

"Hallo, jongen," zei meneer Keurig. Hij klonk ook niet al te blij. Hij had op zaterdag liever iets anders gedaan dan naar zo'n **plantenshow** gaan. "Wat doe jij hier?"

"Oh, je weet wel," zei Koen. Hij wist niet wat hij moest zeggen.

"Nee, ik weet het niet," reageerde zijn vader.

"Ik leer iets over planten," zei Koen. "Voor mijn huiswerk. En ik uh ... ik help Mijntje met de Kamerplant."

Hij wees over zijn schouder naar de plant.

"Je moeder is niet blij," zei meneer Keurig. "Je bent erg vies, zeg."

"Ik weet het," *mompelde* Koen.

"Ik zie dat je een broodje worst hebt gehad," zei zijn vader terwijl hij naar Koens hemd met mayo-vlekken keek.

"Ja," zei Koen. "Zal ik er een voor jou gaan halen?"

"Beter van niet," zei zijn vader een beetje droevig. Hij keek naar zijn vrouw. Hij wist dat ze die avond **spruiten** zouden eten als ze thuiskwamen.

Mevrouw Keurig liep langs de tafels alsof ze de koningin was. Af en toe stond ze stil om beter naar een plant te kijken. Dan bukte ze zich en rook ze aan de aarde in de potten. Daarna fluisterde ze iets tegen de Groene Hagedis en de Groene Schildpad. Zij luisterden aandachtig en schreven iets op hun klemborden. Af en toe keek mevrouw Keurig kort naar Koen. Ze had hem ook het een en ander te zeggen. Dat zag hij wel.
Nu was ze vlakbij de tafel met de viooltjes van de Groentjes.

"Wat gebeurt er?" siste Mijntje. Koens moeder was nu helemaal achter in de tent beland en Mijntje kon haar niet meer zien. Is je moeder al bij onze onze ***Kamerplant***? Vindt ze hem mooi? Kun je het zien?"

"Nee," zei Koen.

Maar hij kon het wel zien. Zijn moeder bukte zich om de viooltjes te bekijken. Ze glimlachte. Hij zag dat ze onder de indruk was. Ze **mompelde** weer iets tegen de Groene Hagedis en de Groene Schildpad, die knikten en naar de drie Groentjes wezen. De Groentjes leken erg blij met zichzelf.

Toen zag mevrouw Keurig de Kamerplant. Het werd stil in de tent. Iedereen wilde zien wat mevrouw Keurig zou doen. Veel mensen hadden de Kamerplant gezien. Je kon hem moeilijk missen. Veel toeschouwers waren tuiniers.

Ze vonden het maar niks dat ze niet wisten wat het voor een plant was. Wat zou de jury vinden?

"Maak hier een foto van, Zack," zei mevrouw Mafketel. "Nog een mooie foto voor het **fotoboek**, toch?"

Meneer Mafketel duwde zich langs de mensen naar de Kamerplant toe. Hij riep steeds: "Pardon, mevrouw!" en "Mag ik er even langs, meneer?" Hij zwaaide met zijn camera.

Mevrouw Keurig keek naar de Kamerplant. De Kamerplant keek naar mevrouw Keurig.

“Hoe gaat het?” smeekte Mijntje. “Gedraagt hij zich goed?”

“Ja,” zei Koen, “hij gedraagt zich goed.”

En dat was zo. De Kamerplant stond trots rechtop. Hij zag er **COOL** uit. Koen mocht dan niet cool zijn, maar hij wist wel wat cool was. Hij was heel erg trots op de plant zoals hij daar stond. Hij groeide maar wat op zijn eigen rare, lelijke manier, maar hij hield zijn hoofd hoog tussen de normale planten. Koen had bijna tranen in zijn ogen. Bijna. Hè, kom op, hij was geen watje. Huilen om een plant? Toe nou!

Maar hij vond het jammer dat de plant niet zou winnen. Dat kon niet. Hij wist het zodra hij zijn moeders gezicht zag. Mijntje zou het zo jammer vinden. Wat oma in de sterren had gezien, zou niet uitkomen. Wat een sneu einde van een verder zo leuke dag.

Zijn moeder en de dames van de Groentjes fluisterden tegen elkaar. Toen schudden ze hun hoofden en schreven ze fronsend iets op hun klemborden.

Plotseling riep iemand: "Allemaal lachen!" Koen kende die stem.

Er was een felle flits en weer een harde knal toen meneer Mafketel nog een foto maakte. Mevrouw Keurig schrok en gilde. Ze greep de Groene Hagedis en de Groene Schildpad vast.

"Sorry," riep meneer Mafketel vanuit een zwarte rookwolk. "De camera heeft nog wat kuren."

Knipperend en geschrokken wankelde mevrouw Keurig terug naar haar jurystoel. Met een zucht plofte ze erop neer. Het werd haar allemaal te veel om Koen te zien, vlakbij een onontdekte soort plant komen en een ontploffende camera die een foto van haar maakte. En dan had ze ook nog een blaar op haar teen.

"De jury heeft een **WINNAAR** gekozen!" riep de Groene Hagedis. "Op de derde plaats komt de ficus van meneer De Mol."

Een kleine, lachende man schuifelde naar voren en mevrouw Keurig stond op om hem de kleinste beker te geven. Iedereen klapte beleefd.

“De **tweede** plaats is voor de varen van mevrouw Petersen,” zei de Groene Hagedis daarna. Een dametje met rode, ronde wangen gilde blij en kwam snel naar voren. Ze kreeg de middelgrote beker van mevrouw Keurig.

“En de gedeelde eerste plaats van dit jaar is voor,” zei de Groene Hagedis en ze lachte blij, “de schattige viooltjes van onze eigen ...”

Plotseling klonk er een vreselijke schreeuw.

Iedereen draaide zich om. Vlechtje wees angstig naar de tafel met de viooltjes. Of naar waar de ***viooltjes*** waren geweest.

De viooltjes bestonden niet meer. Het waren stengels geworden. Er was geen blaadje over. Het was alsof er iemand met een snoeischaar langs geweest was en de koppen eraf gehakt had.

SUCCES

De toeschouwers begonnen door elkaar te praten en te gillen. Wie zou zoiets **vreselijks** hebben gedaan?

Koen wist het. Hij keek naar de Kamerplant. Hij stond doodstil in zijn pot, alsof hij de onschuld zelf was.

Hij zag er vol uit.

Hoofdstuk 6

Later

Een paar dagen later zat Koen in de keuken van de Mafketels. Hij at friet en keek naar de twee foto's. Hij was even langsgegaan op weg van school naar huis. Hij had weer een 10 voor zijn huiswerk gekregen en het **schoolhoofd** had zijn hand geschud. Hij moest Olivier bedanken.

Alleen Mijntje, oma en de Kamerplant waren in de keuken. Meneer Mafketel was in de kelder. Hij was bezig met een nieuwe uitvinding die zou ontploffen, net als de camera. Mevrouw Mafketel **sprong** ergens van een gebouw af. Mats en Rooie waren in de tuin. Koen zag hoe ze in de hoge boom klommen. Olivier was in zijn zolderkamer op zijn banjo aan het spelen.

"Hier sta je leuk op," zei Mijntje terwijl ze op de eerste foto wees. Oma stond erop met Rooie, Mijntje, mevrouw Mafketel en Koen. Ze lachten allemaal, behalve Koen. Hij sprong ***geschrokken*** de lucht in toen de camera voor het eerst ontplofte.

"Hmm," zei Koen.

"Je jasje ziet er goed uit," zei Mijntje terwijl Koen nog naar de foto keek.

"Echt niet," zei hij. "Mama moest hem laten stomen."

"Dit is de beste foto," ging Mijntje verder, "je kunt zien hoe de Kamerplant klaar is voor de aanval. Zie je?"

"Ja," zei Koen, "ik zie het."

Op de tweede foto wankelde mevrouw Keurig naar achteren. Haar ogen vielen bijna uit haar hoofd en haar mond was wijd open van **SCHRIK**. En daar stond de plant: ineengedoken achter de viooltjes, helemaal laag en uitgerekt als een jager, de stengels bij elkaar.

"De schat," zei oma met een liefdevolle blik op de Kamerplant, die weer als altijd op tafel stond. "Heb je het leuk gehad? Je geluksdag?"

De plant zwiepte heen en weer alsof hij instemde.

"Maar de plant heeft niet gewonnen," zei Koen. "Hij heeft geen beker gekregen."

"Maar de viooltjes ook niet," zei Mijntje. "Niemand heeft gewonnen."

Dat was waar. De plantenshow was in een warboel geëindigd. Er werd gehuild, geschreeuwd, gerend enzovoorts. De meeste mensen dachten dat een **valsspeler** alle viooltjes had afgeknipt met een schaar.

Het moest zijn gebeurd toen de camera van die mafketel was ontploft. Wat een toestand!

Wat er werkelijk was gebeurd, was nogal anders. En het gebeurde nota bene recht voor hun neus! Maar niemand zag het. Een plant die de ***tegenstander*** opat? Doe niet zo raar.

Hoe dan ook, het was een rommeltje. Mensen schreeuwden tegen elkaar en zeiden nare dingen. De Groene Hagedis was geflipt. De Groentjes huilden. Mevrouw Keurig was erg boos en moest de auto in worden geholpen door de vader van Koen. Op een gegeven moment kwamen er nieuwe mensen boos de tent in met hun kleine kinderen. Er ontstond een nieuwe ruzie. Het had iets te maken met het schoenenspel van Mats ... En toen ...

Koen wilde er niet meer aan denken. Het was te pijnlijk. Het ergste was toen ze thuiskwamen en zijn moeder hem een **preek** gaf over zijn kleren. Ze had heel lang gepraat en daarna moest hij, hè, wat jammer, zonder spruiten naar bed.

Maar hij had iets heel nuttigs gedaan die avond. Hij mocht niet op zijn **Xbox** spelen, dus bladerde hij door alle boeken die hij van de bibliotheek had, op zoek naar iets over de Kamerplant.

"Arme plant," zei Mijntje. "Mama had hem voor straf in de hoek gezet. Maar toen ik zei hoe gemeen Paula, Anke en Carolien waren geweest, mocht hij er weer uit.

Hij kwam alleen maar voor mij op."

"En terecht," zei oma. Ze was supersnel aardappels aan het schillen. "Het was hun eigen schuld. Je moet maar niet meer naar de Groentjes gaan, hoor Mijntje. Zulke vrienden heb je niet nodig. Roep Olivier even, ik maak nog wat friet."

Mijntje liep naar de gang. Oma deed de keukendeur open en holde de tuin in om Mats en Rooie te halen. Ze waren inmiddels veel **te hoog** in de boom geklommen.

Koen bleef achter met de Kamerplant.

Hij stak zijn hand uit en kneep zachtjes en **vriendelijk** in een van de stengels.

De plant stak een stengel uit en aaide hem over zijn hoofd.

Hij had niets gevonden over de Kamerplant in de biebboeken. Dat had hij ook eigenlijk niet verwacht. Maar tot zijn verbazing had hij heel veel leuke dingen geleerd. Het regenwoud was helemaal niet saai. Sterker nog, hij had het leuk gevonden om erover te lezen. Misschien zou hij de volgende keer zelfs zijn eigen huiswerk maken.

Misschien.

Hij hoorde Mijntje naar boven schreeuwen. Ergens in huis klonk een geheimzinnige bonk en daarna een grom. Wat was dat? Daar moest hij echt achter zien te komen.

Piraatjes

Deze serie is speciaal geschreven voor kinderen die moeite hebben met lezen.
Het zijn makkelijk leesbare verhalen met een speciaal dyslexie-vriendelijk lettertype.

Op dit moment zijn de volgende titels verkrijgbaar:

bontekoe

Makkelijk lezen met Bontekoe

De
Mafketels
Bizarre avonturen van
een knettergekke familie!
Kaye
Umansky
bontekoe

Maffe
Gebeurtenissen
Bizarre avonturen van
bontekoe

Mega
Maf
Bizarre avonturen van
een knettergekke familie!
Kaye
Umansky
bontekoe